BEIJADOS
PELO SOL

Rogério Andrade Barbosa

BEIJADOS PELO SOL

Rogério Andrade Barbosa

Ilustrações de
John Kilaka

© Editora do Brasil S.A., 2017
Todos os direitos reservados
Texto © Rogério Andrade Barbosa
Ilustrações © John Kilaka

Direção-geral: Vicente Tortamano Avanso
Direção adjunta: Maria Lucia Kerr Cavalcante de Queiroz

Direção editorial: Cibele Mendes Curto Santos
Gerência editorial: Felipe Ramos Poletti
Supervisão de arte, editoração e produção digital: Adelaide Carolina Cerutti
Supervisão de controle de processos editoriais: Marta Dias Portero
Supervisão de direitos autorais: Marilisa Bertolone Mendes
Supervisão de revisão: Dora Helena Feres

Coordenação editorial: Gilsandro Vieira Sales
Assistência editorial: Paulo Fuzinelli
Auxílio editorial: Aline Sá Martins
Coordenação de arte: Maria Aparecida Alves
Produção de arte: Obá Editorial
  Supervisão editorial: Diego Rodrigues
  Assistente editorial: Patrícia Harumi
  Edição e projeto gráfico: Julia Anastacio
  Editoração eletrônica: Julia Anastacio
Coordenação de revisão: Otacilio Palareti
Revisão: Ana Carla Ximenes e Elaine Fares
Controle de processos editoriais: Bruna Alves

Dados Internacionais de Catalogação na Publicação (CIP)
(Câmara Brasileira do Livro, SP, Brasil)

> Barbosa, Rogério Andrade
>   Beijados pelo sol / Rogério Andrade Barbosa ;
> ilustrações de John Kilaka. – 1. ed. –
> São Paulo : Editora do Brasil, 2017. –
> (A sete chaves)
>
>   ISBN: 978-85-10-06572-6
>
>   1. Ficção - Literatura infantojuvenil
> I. Kilaka, John. II. Título III. Série.
>
> 17-06901   CDD-028.5

Índices para catálogo sistemático:
1. Ficção : Literatura infantil   028.5
2. Ficção : Literatura infantojuvenil   028.5

1ª edição / 9ª impressão, 2025
Impresso na Gráfica Elyon

Avenida das Nações Unidas, 12901
Torre Oeste, 20º andar
São Paulo, SP – CEP: 04578-910
Fone: + 55 11 3226-0211
www.editoradobrasil.com.br

Dedico este livro a Josephat Torner, ativista tanzaniano, por sua incansável luta em prol dos portadores de albinismo.

"Nasci assim, com pouco tom na pele, muita cor na alma."

Mia Couto

APRESENTAÇÃO

Albinos são pedreiros e são cientistas. Podem ser adultos ou crianças. Há albinos altos e baixos. Alguns são calmos, outros nem tanto. Albinos são simplesmente pessoas cujo organismo não produz melanina suficiente. Por isso eles têm os olhos, cabelos e pele muito claros e precisam tomar muito cuidado com a luz do sol. Eles são pessoas absolutamente iguais a mim e a você, ainda que sejam diferentes.

Mas nem todo mundo entende essa diferença. Nascer albino na Tanzânia é praticamente uma sentença de morte. Quem nasce com albinismo passa a vida inteira escondendo-se da luz do sol e do preconceito, muitas vezes letal.

Muitos tanzanianos creem que os albinos têm poderes mágicos. Confiam que rituais de bruxaria com partes do corpo de pessoas com albinismo podem trazer sorte ou riqueza. Outros acreditam que os albinos não morrem, simplesmente desaparecem. E certos homens com HIV raptam meninas com albinismo na crença de que estuprá-las pode curá-los.

Como resultado, desde o ano 2000, mais de 100 albinos foram assassinados na Tanzânia. Eles são mortos para que partes de seu corpo sejam vendidas.

Entre os compradores estão pescadores que usam pedaços do corpo em suas redes para garantir uma boa pescaria, mineradores que moem os ossos de albinos para achar riquezas, políticos que querem ganhar eleições e empresários de olho na sorte grande.

Quando estive na Tanzânia, em 2013, entrevistei várias pessoas com albinismo e todos tinham algo em comum: o medo. O medo de sair sozinhos à noite, de ir para o interior do país, de falar com desconhecidos. O pavor de ser tratados como objetos e não como humanos.

Por isso, *Beijados pelo sol*, do escritor Rogério Andrade Barbosa, é tão importante. O livro apresenta às crianças e jovens o menino Kivuli, que nasceu com albinismo e enfrenta, altivo, todos os obstáculos que isso implica. Revela ainda o tipo de preconceito que enfrentam as pessoas com albinismo, algo muitas vezes ignorado fora da África, e ensina a importância de respeitar o diferente, seja ele uma pessoa com albinismo, alguém de outra etnia, religião ou classe social.

PATRÍCIA CAMPOS MELLO é repórter especial e colunista do jornal *Folha de S.Paulo*. Cobre economia, relações internacionais e direitos humanos e já esteve em 50 países fazendo reportagens. Formada em Jornalismo pela USP, é mestre em Business and Economic Reporting pela Universidade de Nova York.

I. KIVULI

1

O MENINO QUE CORRIA pela estrada de terra rumo à escola distante, protegendo-se do sol por entre as sombras das árvores às margens do caminho, tinha a pele muito clara. Na aldeia onde Kivuli morava, no interior da Tanzânia, só ele era assim: branco como leite.

— *Mama*, por que eu nasci com uma cor diferente da sua e de meus irmãos? — perguntara, quando ainda era bem pequeno.

— Porque você foi beijado pelo Sol — dissera a mãe, de modo carinhoso, afagando-lhe os cabelos claros. Uma mulher corajosa. Capaz, se preciso fosse, de enfrentar um leão para defender a sua cria.

Sanura nunca se esquecera do dia em que o seu branquinho nasceu. Uma das idosas que a ajudou no parto, supersticiosa, advertiu:

— Abandone o bebê no mato. Albinos trazem má sorte.

Enfurecida, recusou. E o criou da mesma forma como educara os outros filhos. Só que com cuidados redobrados. Para isso, ela contou com a ajuda e a compreensão dos parentes e demais habitantes da comunidade. O apoio principal, entretanto, veio do conselho dos anciãos:

– Os albinos são seres humanos também. E devem ser respeitados e tratados como qualquer um de nós – determinaram os mais velhos.

2

Kivuli aprendeu desde cedo, conforme os conselhos maternos, a cobrir a cabeça com um chapéu de abas largas, pois a sua pele sofria quando exposta à luz do dia. A claridade, em especial, incomodava os seus olhos. No entanto, a família era muito pobre para comprar protetor solar e óculos escuros.

Mas a sua preocupação agora era outra: seu primeiro dia de aula no colégio em que havia sido matriculado por um tio paterno que, na ausência do pai do menino, se responsabilizara por sua educação.

"Qual será a reação dos alunos ao me virem?", questionava-se Kivuli. "Será que vão me acolher normalmente, sem se importarem com a minha aparência?"

Ele tinha razão de sobra para estar preocupado. Albinos causavam temor ou eram vistos com desconfiança em várias partes da Tanzânia. Muitos acreditavam que eles eram detentores de poderes sobrenaturais e conseguiam, entre outras façanhas, sumir no ar como se fossem *zeruzeru*, espíritos imortais. E, mais aterrador ainda, um bando de farsantes propagava que os membros e órgãos de albinos podiam dar sorte, atrair riquezas e curar qualquer doença.

A *mama*, por esse motivo, alertara-o para que não desse confiança a estranhos. Histórias de meninos e meninas albinos sequestrados ou mortos eram noticiadas frequentemente na TV nacional e nos principais jornais do país. Os ataques não aconteciam somente na Tanzânia. Ocorriam também na Nigéria, em Moçambique, no Quênia, em Burundi, na África do Sul, no Zimbábue...

Nervoso, apressou o ritmo das largas passadas. Ainda faltavam alguns quilômetros para alcançar a escola. Embora distante, ela era a única alternativa que havia na região para ele progredir nos estudos. Era a primeira vez também, aos 12 anos, que se afastava, tão longe e sozinho, de casa. Seu irmão mais velho, que sempre o acompanhava, imigrara recentemente para trabalhar nas minas de ouro da África do Sul. A mesma terra para onde *baba*, o pai deles, fora em busca de uma vida melhor e da qual nunca mais regressara.

II. TEMPO DE ESCOLA

3

QUANDO KIVULI AVISTOU o colégio, admirou-se com o tamanho e a solidez da construção de tijolos vermelhos. Tão diferente da humilde *shule*, a escolinha improvisada ao ar livre para as crianças de sua aldeia, onde aprendera a soletrar as primeiras palavras, sentado embaixo dos galhos de uma mangueira. As lições, ele lembrou com saudades, eram escritas pelo professor em um velho quadro-negro preso ao tronco rugoso da árvore.

A nova escola, ele comparou com um simples olhar, era muito maior do que a de seu distrito, uma instituição mantida por missionários ingleses, frequentada por ele dos 7 aos 11 anos.

As aulas no educandário onde passaria a estudar dali em diante continuariam, para sua satisfação, a ser em *swahili*, a língua oficial da Tanzânia e um dos idiomas mais falados em vários países africanos. Em inglês, somente a partir do curso secundário.

Tudo era alegria para Kivuli, orgulhoso por estrear o uniforme de camisa branca e calção azul.

E, principalmente, o par de sapatos. Um luxo para quem passara a maior parte da infância de pés descalços.

Um homem idoso, com cicatrizes profundas nas bochechas, controlava o portão de entrada e saída dos alunos. Ele, assim que o menino albino passou, cuspiu no chão ostensivamente.

Kivuli fez que não viu e, de cabeça erguida, como a mãe lhe ensinara sempre a andar, seguiu adiante.

Logo aconteceu o que Kivuli mais temia. Ao entrar no pátio de terra batida, teve a nítida impressão de que todos os olhares se voltavam para ele. Não demorou muito para que começassem a caçoar da cor de sua pele.

– Parece uma barata descascada! – disse um garoto.

– Branco que nem uma assombração! – acusou outro aluno.

– Não ponham a mão nele! É contagioso! – alertou uma menina.

– Cabelo de fogo! – gritou mais um dos arruaceiros.

Nem todos os alunos pareciam aprovar o comportamento dos colegas:

– Parem com isso! – protestou uma voz isolada.

A maioria da garotada, porém, não interferia na baderna. Impassível, limitava-se a observar as humilhações impostas ao albino.

O pior mesmo foram os empurrões que ele recebeu e a pedrada que passou zunindo rente à aba do seu chapéu. Apesar da desvantagem numérica, pensou em reagir e rolar no chão com o primeiro que conseguisse agarrar. Mas a vontade de estudar bateu mais forte.

"Vão ter de me aceitar, quer queiram, quer não queiram, como eu sou", segredou para si mesmo.

Os gritos, agressões e zombarias só cessaram quando o diretor, com um impecável paletó branco, apareceu para ver o que estava acontecendo.

– Em fila! – gritou apontando para a Bandeira Nacional, nas cores verde, amarela, preta e azul, pendurada num mastro no centro do pátio.

A meninada, sem pestanejar, logo se postou em fila, em posição de sentido. Assim que o símbolo máximo da nação começou a ser hasteado, todos se puseram a entoar o hino da Tanzânia: *Mungu Ibariki Afrika* – Deus abençoe a África.

Por sorte, como Kivuli era o último da fila, ninguém viu as lágrimas que brotaram de seus olhos.

Os versos finais da letra da música, que ele achava tão bonita, deixavam-no sempre emocionado:

Tubariki watoto wa Tanzania – Abençoe as crianças da Tanzânia.

"Por que o Todo-Poderoso parece ter se esquecido de mim?", interrogou-se.

"Será que os albinos não merecem ser abençoados também?"

4

A professora, muito jovem, foi a primeira pessoa que sorriu para Kivuli naquela manhã.

– Vocês deviam se envergonhar do modo como trataram o seu companheiro no primeiro dia de aula – disse ela, com o rosto enfezado. Tão brava que, tal o silêncio da turma, dava para se ouvir o leve vibrar das pás do ventilador de teto. – Eu assisti e ouvi a tudo da minha sala!

– Meu pai me contou que os albinos são feiticeiros – interrompeu um garoto.

– Isso é pura superstição! – ralhou a mestra. – De hoje em diante, quero que o tratem de forma educada e com toda a consideração. Entenderam?

– SIM! – respondeu a classe inteira numa só voz.

A professora, antes de conferir o nome dos alunos na lista de chamada, avisou que, devido a um atraso, os livros, cadernos e canetas seriam entregues na manhã seguinte. E pediu que Kivuli, por ter dificuldade para enxergar de longe, sentasse numa carteira na primeira fila. Depois, escreveu em letras grandes no quadro-negro:

HESHIMA

— Todos sabem que *heshima*, em *swahili*, significa "respeito". Uma palavra que aprendemos desde cedo com os mais velhos. Portanto, não preciso dizer mais nada.

Em seguida, explicou, de forma bem didática, que os albinos são portadores de um distúrbio genético raro, marcado pela ausência de pigmentos. Daí a razão de terem a pele esbranquiçada, problemas de visão e os cabelos ruivos ou louros como os de Kivuli.

— Infelizmente — continuou ela —, muitas crianças albinas em nosso país, por medo de serem agredidas, deixam de estudar. E, enquanto eu for professora de vocês, não vou permitir, de modo algum, que isso aconteça em nossa escola.

5

A bronca da professora deu certo. Os alunos, na hora do recreio, por receio da mestra ou por estarem arrependidos, deixaram Kivuli em paz. Não o chamaram para jogar futebol porque ele se abrigara, solitário, embaixo de uma varanda.

Mesmo que o convidassem, ou por mais que ele sentisse vontade, não poderia correr atrás da bola igual aos outros garotos sob o sol forte.

Não se importava. Habituara-se a brincar com os amigos da aldeia apenas quando as últimas luzes do entardecer começavam a despedir-se no horizonte, pintando o céu de vermelho. Ou, então, o dia inteiro durante a temporada das chuvas, todo respingado de lama.

Só não gostava de passear de canoa com eles pelo rio que corria nas imediações de seu lugarejo. Seus colegas afiançavam que se sentiam a salvo em sua companhia, pois, caso a pequena embarcação virasse, Kivuli, por ser albino, podia flutuar como se fosse um crocodilo sobre as águas barrentas, sem afundar. Bastaria aos náufragos, então, agarrarem-se a ele para não morrerem afogados.

"Logo eu, que não sei nadar", sorriu Kivuli, ao se lembrar de mais uma das histórias atribuídas aos misteriosos poderes dos albinos.

Distraído, teve os seus pensamentos interrompidos por uma voz suave às suas costas. Era Malika, a menina de trancinhas longas, que se sentava na carteira atrás dele. Uma das poucas crianças que não implicara com ele durante a manhã.

– Com licença – disse ela acomodando-se ao seu lado. – Não ligue pros comentários maldosos desses pestinhas – ponderou a garota, dona de um sorriso cativante. – Eles não sabem o que dizem. Repetem apenas as crendices que escutaram dos habitantes dessa região. Boa parte do povo daqui acredita nesse tipo de coisa.

– Obrigado! – agradeceu Kivuli timidamente. – Onde eu moro é diferente. Tem gente que não gosta de albinos também. Mas a maioria das pessoas me respeita e me aceita como eu sou.

– Ah, você sabia que em Dar es Salaam existe uma instituição voltada somente pra crianças albinas? A minha irmã mais velha, que é enfermeira na nossa antiga capital, foi quem me contou. Mas não consigo me lembrar do nome. Posso ver isso depois pra você.

– É mesmo? Se pudesse, eu gostaria de estudar num lugar onde eu não chamasse tanto a atenção.

– Não tenho certeza se é uma escola. A professora deve saber. Vamos. A sineta já tocou. Tá na hora de voltar pra sala – avisou Malika levantando-se num salto só, graciosa como uma gazela.

6

Os primeiros meses de aulas passaram rapidinho. A cada dia Kivuli sentia-se mais confiante e aceito por seus colegas de estudo.

O único que continuava a tratá-lo com desprezo era o encarregado da portaria da escola. Um tipo carrancudo, antipático, sempre de cara fechada.

– Não gosto do jeito como o porteiro me encara. Parece que ele fica me comendo com os olhos – comentou Kivuli, em certa manhã, com Malika.

– Ah, deixe o bochechudo pra lá. Vamos entrar antes que o diretor chame a nossa atenção.

Na hora do recreio, Kivuli esperou, no corredor, que todos os alunos saíssem da sala. Depois, bateu à porta, abriu-a e perguntou:

– *Hodi*? – Posso entrar? – pediu retirando o chapéu da cabeça.

– *Karibu*! – Seja bem-vindo.

O garoto, tentando disfarçar a timidez, encaminhou-se até a mestra, tão novinha, debruçada sobre uma pilha de papéis em cima de sua mesa.

– Professora... – gaguejou. – É verdade que em Dar es Salaam existe um lugar destinado apenas pra meninos e meninas albinos? – indagou fazendo a pergunta que estava entalada em sua garganta desde a primeira vez que conversara com Malika.

A atenciosa *mwalimu* ergueu a cabeça e respondeu:

– Bom, pelo o que eu sei, lá há algumas instituições que funcionam ao mesmo tempo como abrigos e escolas de educação especial. Mas eu defendo que os albinos têm o direito de conviver e de estudar em escolas regulares como a nossa. Entendeu?

O menino fez que sim. Na verdade, não havia entendido direito as palavras da professora. Quis perguntar o que significava "escolas de educação especial", porém não teve coragem. Agradeceu e saiu de mansinho.

III. O PERIGO MORA AO LADO

7

O TEMPO VOOU. Na última quinzena do primeiro semestre, Malika, que se tornara a melhor companheira de Kivuli, aguardava-o, como de hábito, do lado de fora da escola. Era sempre assim. A dupla inseparável, ao final das aulas, caminhava rindo e conversando até chegar perto da casa da garota. Ela, por morar próximo da escola, não precisava correr quilômetros diariamente como Kivuli.

– Tenho uma novidade pra lhe contar – disse a menina de trancinhas assim que se afastaram da escola, puxando um envelope da bolsa que trazia a tiracolo.

– Qual?

– Lembra-se do lugar que eu lhe falei de Dar es Salaam? Escrevi para minha irmã pedindo informações. E ontem recebi esta carta. Ela confirmou que é mesmo um abrigo para albinos.

– Disse o nome?

– Sim! Beijados pelo Sol.

– Não acredito! É assim que, de vez em quando, a minha mãe gosta de me chamar.

– Ai, que lindo! – elogiou Malika.

Kivuli, sem graça, imediatamente mudou de assunto:

– Você já esteve em Dar es Salaam? – interrogou o menino querendo mais informações sobre a maior cidade da Tanzânia.

– Três vezes! É uma cidade enorme e muito bonita. De ônibus não é tão distante. Duas horas, mais ou menos, de viagem.

– Um dia espero conhecer Dar es Salaam também. E, especialmente, esse abrigo, que deve ser o tal colégio de educação especial falado por nossa professora. Eu só não entendi o que significa esse tipo de escola. Você sabe?

– Hum... Mais ou menos. Acho que é pra crianças com algum tipo de deficiência.

– Igual a mim?

– Ah, não sei – disse Malika tentando pôr um ponto final na conversa.

Em seguida, para não prolongar a questão, ela propôs:

– Vamos cantar?

– Vamos! Qual música?

– *Jambo* – respondeu a garota pondo-se a cantarolar uma canção superconhecida:

Jambo (Oi)
Jambo bwana (Oi, senhor)
Habari gani? (Como vai?)
Mzuri sana (Eu vou bem)

Mais adiante, uma tabuleta que indicava a estradinha que dava acesso ao povoado de Malika avisava que estava na hora de eles se despedirem.

– *Tutaonana!* – Até logo! – disse a menina.

Kivuli nem teve tempo de responder. Um jipe, com o cano de descarga barulhento, acercou-se em alta velocidade. O carro, numa freada brusca, parou ao lado das crianças. Dois homens, um deles segurando uma corda, saltaram do veículo.

– Fuja, Kivuli! Fuja! – gritou Malika, antes de ser derrubada por um dos brutamontes, ao perceber que a vida do albino estava em perigo.

8

Kivuli não pensou duas vezes. Arrancou o chapéu da cabeça e, segurando-o com uma das mãos, fugiu numa carreira desenfreada, igual a um guepardo, o felino mais veloz de toda a África.

O homem magro e de pernas compridas o seguia de perto. O outro, um gorducho de pança avantajada, logo ficou pelo meio do caminho.

O menino, mesmo sem olhar para trás, sentia que a distância entre ele e o magricela diminuía perigosamente. Antes que fosse agarrado, largou a bolsa com livros que o atrapalhava e pôs-se a ziguezaguear para cá e para lá. O zigue-zague e zás deu certo. Seu perseguidor tropeçou e se estatelou de cara na poeira.

O magrelo, furioso, ordenou ao comparsa:
– Traga o jipe, seu molenga! Esse moleque corre muito!

A ameaça fez com que Kivuli corresse ainda mais. Correu, correu e correu até seus pulmões não aguentarem o esforço empreendido. Suas pernas não eram páreo para as rodas do jipe. A perseguição chegara ao fim.

Extenuado, largou o chapéu e estirou-se no solo ressequido. O corpo coberto de suor. A pele ardendo feito fogo.

Os dois homens, após descerem do veículo, ergueram o menino pelos braços. Em seguida, enfiaram um capuz em sua cabeça, amarraram suas mãos em frente ao corpo e, apressados, jogaram-no no banco traseiro do carro.

9

Malika, depois que o jipe desapareceu numa curva da estrada, levantou-se e, desesperada, partiu em busca de socorro. Tão rápida quanto um antílope tentando escapar das garras de um leão faminto.

A professora, que estava acabando de sair da escola, levou um susto ao ver a menina, esbaforida, com as roupas sujas e os joelhos esfolados.

– *Nisaidie! Nisaidie!* – Socorro! Socorro!

– O que aconteceu?

– Kivuli foi sequestrado!

– O quê? Por quem?

– Por dois homens em um jipe.

– Que caminho eles tomaram?

– Acho que foram em direção a Dar es Salaam.

– Tem certeza?

– A placa era de lá.

– Tomou nota dos números?

– Não deu tempo.

– Venha. Vamos pedir ao diretor que telefone pra polícia.

IV. NAS GARRAS DOS SEQUESTRADORES

10

KIVULI, ENQUANTO O CARRO chacoalhava por uma estrada cheia de buracos, lamentava a má sorte.

"Provavelmente vão me matar ou cortar partes de meu corpo", imaginava, tremendo só de pensar no que os seus captores estariam tramando.

Lembrou-se, com um arrepio no corpo, das reportagens a que havia assistido na televisão do armazém de um comerciante indiano perto de sua aldeia. Falavam sobre crianças albinas com as mãos, braços ou pernas decepadas. Seus membros, de acordo com os noticiários, eram usados em cerimônias macabras. Ou, então, no preparo de poções mágicas, vendidas em mercados clandestinos. Curandeiros inescrupulosos juravam que essas beberagens proporcionavam uma série de benefícios aos compradores. Esses charlatões, ao contrário dos verdadeiros praticantes da medicina tradicional africana, na visão dos indignados apresentadores

dos programas televisivos, não passavam de um bando de criminosos.

Imobilizado, sem ter a mínima noção de onde o estavam levando, percebeu o motorista diminuir, aos poucos, a velocidade do carro, até parar definitivamente. Pelo burburinho e a algazarra ao redor deles, Kivuli intuiu que deviam ter estacionado perto de um mercado.

Suas mãos, dormentes, foram desamarradas. E o capuz que o asfixiava foi, para seu alívio, retirado de sua cabeça.

– Hora de descer, garoto.

Reconheceu, pelo tom da voz, o magricela.

– E de bico fechado! – avisou o parceiro dele segurando o menino firmemente pelos braços.

Entardecia. Ao longo de uma comprida rua, como Kivuli adivinhou, mulheres vendiam frutas, cereais, peixes, roupas e potes de barro dispostos em bancas de madeira ou sobre esteiras esparramadas pelo chão.

No ponto dos micro-ônibus, passageiros se espremiam nos bancos das *dalladalla*. Em quase todas as placas estava escrito: Dar es Salaam. Mas, pelo tamanho e a pobreza do lugarejo em que haviam parado, ali não podia ser a cidade grandiosa descrita por Malika.

Aos cutucões, foi empurrado para os fundos de uma pequena loja. E, depois, por um quintal onde reinava uma imponente mangueira. Os galhos vergados pelo peso dos frutos maduros. No centro do terreno havia um estrado fedorento, coberto com peles de felinos, caveiras de bois, presas de javalis e ossos de diversos animais. Noutro varal, um bando de aves e roedores embalsamados. Os olhos, que não enxergavam mais, fechados para sempre.

11

Kivuli foi trancado em um barraco de tábuas desconjuntadas. Não demorou muito para que uma discussão do lado de fora do cubículo chamasse a sua atenção. Por entre as frestas do casebre, apertando os olhos, dava para o garoto ver alguma coisa.

De seu ponto de observação, ele vislumbrou os dois homens que o haviam capturado, visivelmente nervosos, reunidos no quintal com um sujeito grandalhão. Este último, devido ao número de colares e amuletos que trazia em torno do pescoço, era um *mganga*. O curandeiro, com certeza, devia ser o dono daquele mercado de feitiços.

Apesar da distância, pelo que ele conseguiu escutar, os sequestradores estavam negociando o valor do *lipo*, o preço que teriam de receber. Mas, do modo como os três batiam boca e gesticulavam, pensou, o trio iria levar horas para resolver a questão.

– É muito! O menino não vale tanto assim – argumentava o curandeiro.

– Foi você quem encomendou – rebateu o bandido gorducho.

– E não se esqueça de que temos de dar uma parte do dinheiro ao porteiro da escola – reforçou o magrelo. – Foi ele quem nos avisou da presença do cabelo de fogo.

"Então tinha sido o funcionário com cicatrizes nas bochechas que o delatara!", revoltou-se, em silêncio, Kivuli. E estremeceu quando o *mganga*, dono de uma voz de trovão, propôs:

– Eu preciso apenas das mãos dessa criança pra fazer o trabalho que me solicitaram. Os braços e as pernas vocês podem vender pra outros interessados. Não vão faltar compradores. Ainda mais em tempo de eleições. Muitos políticos, como vocês estão cansados de saber, recorrem aos nossos serviços nessa época – assegurou o grandão tirando um maço de notas sebentas do bolso.

Não adiantou. Os dois sequestradores insistiam em receber uma quantia maior. Anoitecia quando finalmente chegaram a um acordo.

Os três homens, após fecharem a tétrica negociação, saíram, alegres, para comemorar em um boteco.

12

Kivuli tinha consciência de que precisava fugir antes que seus algozes voltassem da farra. A única solução, avaliou olhando para o alto, seria escapar pelo teto coberto de chapas de zinco enferrujadas. Algumas delas, despregadas pela ação do tempo, balançavam e rangiam ao sabor do vento.

Resolveu arriscar. Apoiou os pés e as mãos entre as frestas da madeira carcomida por insetos e começou a subir pelas paredes ásperas do barraco. Na primeira tentativa, escorregou e caiu. Tentou duas, três vezes. Escorregava, caía, levantava. Não desistia. Insistia. O que lhe dava mais forças era pensar na mãe. Imaginava a tristeza e a angústia que ela devia estar sentindo com o desaparecimento do filho.

Na quarta tentativa, com as mãos e as pernas arranhadas, conseguiu chegar ao telhado. Na hora em que enfiou a cabeça e os ombros por uma brecha que abrira na frágil cobertura, escutou os homens regressando da bebedeira. Porém, do jeito como cambaleavam, apoiando-se uns nos ombros dos outros, viu que não iriam incomodá-lo tão cedo.

Esperou que os três dormissem. Era madrugada quando desceu do teto do barraco, passo a passo, como se fosse um leopardo deslizando furtivamente de uma árvore. Os galos, ao longe, cantavam anunciando o despertar de um novo dia.

Os dois sequestradores, observou, dormiam profundamente em esteiras ao ar livre. O *mganga*, por sua vez, roncava de boca aberta que nem um hipopótamo, estirado num banco comprido atrás do balcão da vendinha.

Antes de escapulir, matou a sede que o atormentava com a água de uma torneira. E a fome, com duas mangas, doces como favos de mel, catadas no quintal.

A seguir, tomando cuidado para não fazer barulho, destrancou a porta que dava acesso à rua e se mandou rumo ao ponto das *dalladalla*.

Por um instante ficou sem saber qual delas ele teria de pegar, já que não havia condução alguma à vista para a sua aldeia.

– Dar es Salaam! Dar es Salaam! – anunciavam, aos berros, os ajudantes dos motoristas.

Sem ter para onde ir, decidiu pela cidade que sonhava conhecer desde que soubera da existência do abrigo para albinos: Dar es Salaam. Lá, conforme ia colocando os pensamentos em ordem, a irmã de Malika poderia ajudá-lo.

"Basta eu perguntar por ela", supôs, ingenuamente, achando que não seria difícil encontrar o hospital em que a enfermeira trabalhava.

Foi então que se lembrou de algo importante. Não tinha um tostão nos bolsos. E sem dinheiro seria impossível embarcar. Embora crianças da idade dele, acompanhadas por adultos, não precisassem pagar a passagem. A solução, decidiu, era entrar, sem ser percebido, no meio das pessoas que se acotovelavam para conseguir um lugar nas apinhadas viaturas.

O movimento, mesmo nas primeiras horas do amanhecer, era intenso. Em cima dos bagageiros dos carros, expostos ao sol e à poeira, havia um monte de coisas: sacolas, trouxas de roupas, cestos de palhas trançadas, pencas de bananas, galinhas atadas pelos pés e até cabritos chorões balindo incessantemente. Tudo amarrado com cordas para a carga não despencar no meio do caminho.

– Que confusão! – exclamou Kivuli, enquanto arrumava o uniforme amarrotado. Depois, intrometeu-se no empurra-empurra geral, postando-se ao lado de uma mãe com o bebê preso às costas.

O truque funcionou. Foi muito mais fácil do que ele imaginara.

Alguns dos passageiros, incomodados, fizeram cara feia ao avistar o albino.

– Sente-se aqui – disse uma mulher idosa abrindo um espaço para o garoto se ajeitar.

– *Asante sana* – Muito obrigado – agradeceu.

"Os velhos são como uma árvore antiga, quanto mais velha a árvore, maior a sombra", relembrou Kivuli murmurando um provérbio tradicional de seu povo.

13

O *mganga* despertou quando o Sol já reinava absoluto no céu. Ainda zonzo, levou um susto ao ver a porta de sua lojinha destrancada. Para se certificar de que não havia sido roubado, apalpou a bolsa que trazia escondida dentro da calça. O dinheiro, suspirou, permanecia intacto. Mesmo assim, desconfiado, correu ao quintal.

Os dois sequestradores, ao contrário do que ele suspeitava, continuavam prostrados nas esteiras, dormindo a sono solto.

Contudo, pressentindo que alguma coisa estava errada, dirigiu-se ao lugar onde Kivuli fora mantido em cativeiro. Abriu o grosso cadeado e entrou no barraco vazio. O menino, como ele temia, havia fugido!

– Acordem, seus preguiçosos! – gritou o irado curandeiro chutando as canelas dos dorminhocos. – O albino escapou! Temos de encontrá-lo antes que ele nos denuncie à polícia.

Os três homens precipitaram-se para a rua e, estabanados, começaram a interrogar as pessoas que encontravam em busca de informações sobre o fujão. Nada! Ninguém sabia do paradeiro de Kivuli. O *zeruzeru* desaparecera!

Até que, no ponto das *dalladalla*, um dos motoristas deu-lhes a resposta que não queriam ouvir:

– Um cabelo de fogo com uniforme escolar? Sim, vi esse garoto entrando hoje cedo numa condução para Dar es Salaam.

A notícia caiu como um raio na cabeça dos três homens.

35

– Droga! – irritou-se o *mganga*. – Nem adianta ir atrás dele. A essa hora o menino já deve estar longe.

– Tanto trabalho para nada – reclamou o sequestrador gorducho.

– Vamos embora – disse o magricela para o parceiro. – Não temos mais o que fazer aqui.

O *mganga* deu-lhes as costas e, cuspindo marimbondos, saiu praguejando entre os dentes:

– Cambada de incompetentes!

14

A muitos quilômetros do lugar em que Kivuli fora mantido em cativeiro, a notícia do sequestro do menino provocara um tremendo rebuliço na escola.

– O senhor tem de comunicar o fato agora mesmo à polícia – insistia a exaltada professora de Kivuli cobrando uma atitude imediata do atônito diretor.

Ele, em meio à balbúrdia instalada no gabinete invadido por vários professores, ficou momentaneamente paralisado.

– Calma! Vou ligar – resignou-se pegando o telefone em cima da mesa.

Tiveram de esperar um bocado até a caminhonete dos policiais apontar na estrada, levantando um poeirão danado. O sargento distrital, acompanhado de um recruta num uniforme desbotado com o dobro do tamanho dele, desceu do carro e, em passos lentos, abriu passagem entre os curiosos aglomerados na entrada da escola.

O militar, um cinquentão grisalho de poucas palavras, depois de conversar rapidamente com o diretor, limitou-se a anotar o nome da professora em uma velha caderneta. Estava mais interessado em ouvir o que Malika tinha para dizer, já que ela era a única testemunha do rapto.

– Então, você não anotou os números da placa do jipe? – perguntou o policial dando início ao trabalho.

– Não. Foi tudo muito rápido. Só deu pra ver que era de Dar es Salaam – respondeu Malika.

– Lembra-se da cor do carro?

– Tava coberto de poeira. Parecia verde...

– Consegue descrever, pelo menos, a aparência dos sequestradores?

– Mais ou menos. Um era gordo e baixo. O outro magro e alto.

– E como estavam vestidos?

– Usavam roupas normais, como qualquer outra pessoa.

– Já havia visto essa dupla rondando pelas imediações da escola anteriormente?

– Não, nunca.

– Nem você, nem o porteiro... Ninguém aqui, conforme a conversa que eu tive com o diretor, sabe de coisa alguma. Assim fica complicado – resmungou o interrogador.

O sargento, irritado, fechou o caderninho dando a entender que não se dera por satisfeito com as respostas.

– Por enquanto, o que eu posso fazer é emitir um alerta pelo rádio sobre dois suspeitos num jipe de cor indefinida, do qual não sabemos nem o número da placa – resumiu encerrando o interrogatório.

A professora, atenta, lembrou:

– E a mãe de Kivuli? Temos de avisá-la o quanto antes. Ela deve estar morrendo de preocupação com a demora do filho.

– Creio que você é a pessoa mais adequada para dar a má notícia. Afinal de contas, ele é seu aluno – intrometeu-se o diretor jogando a responsabilidade no colo da moça.

A jovem *mwalimu* não titubeou. Virou-se para o policial e, com um ar resoluto, inquiriu:

– O senhor pode me levar à aldeia do menino?

– Sim. Eu estava pensando justamente em ir falar com a mãe de Kivuli – respondeu o sargento. – Talvez ela possa me dar alguma pista sobre o paradeiro do menino.

– O meu medo é que ele tenha sido levado por traficantes de membros de albinos – receou a professora tocando na questão que ainda não havia sido discutida.

– Essa é a hipótese mais provável – concordou o militar. – Casos semelhantes têm sido registrados constantemente em outros distritos.

Malika, que estava acompanhada dos pais, chamados às pressas à escola, implorou ao sargento:

– Por favor, não deixe que nada de mal aconteça a Kivuli.

A professora, solidária, passou a mão na cabeça da menina e, tentando confortá-la, prometeu:

– Pode deixar que iremos fazer de tudo para trazer Kivuli de volta, não é diretor? – provocou a *mwalimu* lançando um olhar irônico para o dirigente da escola.

– Sim, sim – assentiu o pressionado diretor. – Vamos mobilizar todos os alunos, professores e a comunidade em geral para que nos auxiliem na busca.

– Podemos ir? – apressou o sargento consultando o relógio de pulso.

– Sim. Na hora que o senhor quiser – disse a professora pegando a bolsa.

V. DAR ES SALAAM

15

KIVULI JAMAIS HAVIA pisado em uma cidade tão grande. A quantidade de pessoas nas ruas e a barulheira do trânsito o deixaram atordoado. Os edifícios, altos como gigantes de cimento, chegavam a lhe dar tonturas.

"Como eu vou encontrar a escola especial para albinos?", questionou-se quando a *dalladalla* chegou ao ponto final, próximo a uma praça arborizada.

Ele resolvera, durante o transcorrer da viagem, procurar primeiro o abrigo, pois se dera conta de que não sabia o nome do hospital onde a irmã de Malika trabalhava.

Esfomeado, sentou-se em um dos bancos do jardim para devorar o punhado de *karanga* e os dois *vitumbua* – amendoins e bolinhos de arroz – que ganhara da bondosa senhora antes de ela descer nos arredores de Dar es Salaam.

Nessa última parada, em meio ao entra e sai interminável de passageiros, subiu um casal de meia-idade, com vestes largas e compridas até os tornozelos. Ele, dono de uma espessa barba negra, todo de branco. Ela, com as duas mãos cobertas de desenhos feitos com hena, em um traje florido.

O homem, assim que entrou, olhou para Kivuli de forma estranha e começou a cochichar ao celular, sem alterar a voz um instante sequer. Já a mulher, com um lenço escuro encobrindo os cabelos, manteve-se quieta e calada durante todo o percurso.

Várias lembranças, enquanto ele comia, passavam a toda hora por sua cabeça. O que mais lhe doía no coração era pensar no quanto a sua *mama* devia estar sofrendo.

"E Malika? O que teria acontecido com a menina?", divagava, recordando-se da amiga de trancinhas. Depois que a conhecera, sua vida mudara completamente. Ao lado dela fora feliz como nunca. Por isso, sentia demais a falta da colega.

– Ih! Os meus livros! – gritou de repente, espantando os passarinhos da praça.

"Será que alguém achou a bolsa que eu deixei pra trás?", alarmou-se. Havia passado por tanta coisa ruim recentemente que se esquecera, até então, do material escolar largado na fuga desesperada.

Recuperando a calma, levantou-se do banco e começou a inquirir aos apressados pedestres se eles conheciam o lugar que buscava:

– *Samahani, ninatafuta...* – Com licença, estou procurando... – perguntou inúmeras vezes.

Para sua decepção, as pessoas não sabiam o endereço ou, então, nem lhe davam ouvidos. Algumas delas chegavam, inclusive, a virar o rosto, pois tinham medo ou nojo de albinos.

Até que surgiu um casal. O mesmo que entrara na *dalladalla* nas cercanias de Dar es Salaam. O homem falante, que parecia ser o marido, perguntou:

– Perdido, garoto? Viajamos juntos, lembra?

– Lembro. Estou procurando a casa de um parente – disfarçou o menino, desconfiado com as intenções da dupla.

– Se quiser, podemos lhe dar uma carona no táxi que vamos pegar. Não precisa ter medo. Só queremos ajudar – sorriu o falastrão coçando a barba.

Subitamente, sem que Kivuli pudesse esboçar uma reação, o homem abraçou-o e sussurrou em seus ouvidos:

– Fique quieto – disse ele encostando um objeto pontiagudo na barriga de Kivuli.

Abraçados, como se fossem pai e filho, encaminharam-se para um táxi parado na esquina, acompanhados de perto pela silenciosa mulher.

– Entre logo! – apressou o sequestrador abrindo a porta atrás do condutor do veículo.

O motorista, com um boné branco, olhou pelo retrovisor, e disse:

– Fazia tempo que não pegávamos um albino assim tão fácil.

– Eu não lhe falei ao celular que o branquelo parecia estar sozinho? Não havia ninguém, como eu imaginei, esperando por ele.

– O cabelo de fogo se deu mal! – sentenciou o condutor passando os dedos no fino bigode.

– E nós dois nos demos bem – emendou o homem de barba negra. – O "dinheiro ambulante" vai encher os nossos bolsos. Já telefonei, inclusive, para o dono de uma mineradora que havia me pedido o braço de um albino.

A mulher do barbudo, que até então permanecera muda, abriu a boca pela primeira vez:

– Pra quê?

– Pra colocarem nas entradas das minas. Os idiotas creem que assim conseguem extrair mais pedras preciosas do fundo da terra – respondeu o marido dando uma sonora gargalhada.

A risada agourenta deixou Kivuli mais apavorado ainda.

"Estou perdido!", pensou, sobressaltado, o menino.

VI. KIPEMBA

16

UM FALSO CEGUINHO, com uma venda esburacada sobre os olhos, pedindo esmolas ao lado do ponto das *pikipiki* – mototáxis que percorrem as ruas de Dar es Salaam –, viu quando Kivuli foi levado à força para dentro do táxi.

– Kipemba! Kipemba! – gritou o mendigo de roupas esfarrapadas chamando um dos rapazes encostados em suas motocicletas, à espera de fregueses.

– O que foi? – perguntou o moço, que, mesmo sob um sol de rachar, usava luvas, calças e camisa de mangas compridas. O jovem condutor, de capacete na cabeça e reluzentes óculos escuros, apesar dos traços negros, tinha a pele branca.

– Tá vendo aquele táxi? – apontou o molambento esticando a mão direita envolta com ataduras. – Um casal acabou de pegar um menino albino como você! E do modo como agiam, não o estavam levando pra passear.

– Tem certeza?

— Absoluta! – afiançou o que se fingia de cego. – Eu estava de olho no menino desde que ele desceu de uma *dalladalla*. Andava de um lado pro outro, desorientado, em busca de informações.

Kipemba, pressentindo que não tinha tempo a perder, subiu na moto e saiu em disparada atrás do carro.

Graças ao trânsito engarrafado da cidade, alcançou o táxi no primeiro sinal vermelho. Seu amigo tinha razão. O garoto, de rosto assustado, espremido entre um casal, era tão branco quanto ele.

O motoqueiro, aproveitando o sinal fechado, sacou o celular do bolso da calça e tirou várias fotos do carro. Depois, emparelhou-se ao lado da janela aberta do motorista e, elevando o tom da voz, questionou:

— Para onde estão levando esse menino?

— Isso não é da sua conta! – vociferou o de bigodinho.

— Socorro! Me ajude! – gritou Kivuli tentando se desvencilhar, aos socos e pontapés, dos braços do casal.

Kipemba, ao notar que o sinal estava prestes a abrir, acelerou a *pikipiki* e, numa manobra arriscada, bloqueou a passagem do táxi.

O guarda que controlava o tráfego, ao perceber a

confusão, abandonou o seu posto e veio em direção a eles, enquanto os motoristas dos outros carros, impacientes, buzinavam sem parar.

Os sequestradores, ao verem o policial se aproximando, entraram em pânico. O de bigodinho, apreensivo, ordenou ao casal:

– Soltem o albino!

A ordem foi cumprida de imediato.

– Saia! – berrou o barbudo empurrando o prisioneiro, que lhe tacara uma dentada nos dedos, para fora do carro.

Kivuli, assim que se viu livre, mal pôde respirar. O motoqueiro puxou-o por uma das mãos e disse:

– Suba na moto!

17

Era a primeira vez que Kivuli, agarrado firmemente à cintura do condutor, andava, num misto de medo e prazer, de motocicleta. Logo adiante, ao entrarem na movimentada Avenida Samora, o rapaz desacelerou a marcha do motor e encostou a moto à beira de uma calçada.

– Como é o seu nome? – quis saber o motoqueiro.

– Kivuli – respondeu ele, tentando controlar a tremedeira que tomava conta de seu corpo. – E o seu?

– Kipemba – apresentou-se o moço. – Fique tranquilo. Aquele trio deve estar dando explicações ao policial até agora. Outra coisa: sua pele está muito queimada. Não pode andar assim, desprotegido do sol – recriminou. – Passe um pouco desse creme no rosto, nos braços e nas pernas – disse ele, tirando um tubo de protetor solar do bolso.

– Obrigado – agradeceu Kivuli lambuzando-se dos pés à cabeça.

– Vai precisar de óculos escuros e de um chapéu também – aconselhou Kipemba fazendo sinal para um dos vendedores ambulantes que zanzavam entre os veículos apregoando uma série de quinquilharias importadas da China.

– *Asante sana* – tornou a agradecer o menino, todo bobo com a armação de marca falsificada com que Kipemba fizera questão de lhe presentear.

– O que você veio fazer em Dar es Salaam? – perguntou o motoqueiro, enquanto tomavam *tangawizi*, refrigerante popular vendido em carrocinhas.

Kivuli levou um bom tempo para explicar, detalhe por detalhe, os maus bocados pelos quais havia passado nas últimas 24 horas.

– Você teve muita sorte em escapar com vida de dois sequestros – admirou-se o motociclista. – Aqui em Dar es Salaam, nós, albinos, enfrentamos uma série de problemas também. Mas assassinatos, como acontecem no interior do país, são raros.

– Você acha que o pessoal do abrigo pode me ajudar a voltar pra casa? – perguntou Kivuli, enquanto ajustava a aba do novo chapéu de palha, enfeitada com uma fita nas cores da bandeira tanzaniana.

– Creio que é o lugar mais apropriado. Eles, com certeza, não medirão esforços para encontrar a sua família.

– Pode me levar até lá? – animou-se Kivuli.

– Sim. Eu sei onde é. Fica perto do Museu Nacional. Vamos embora – apressou ele, batendo com a mão no selim da moto.

Em menos de dez minutos, serpenteando entre os carros como se a *pikipiki* fosse uma cobra metálica com rodas, chegaram ao endereço tão procurado. Um casarão de dois andares no final de uma rua ladeada de árvores.

– Espere aqui – disse Kipemba, depois de estacionar a motocicleta.

Em seguida, ele tocou a campainha da porta do abrigo e conversou rapidamente com o funcionário que veio atendê-lo.

– Venha! – chamou o rapaz pedindo a Kivuli que se aproximasse.

O motoqueiro, então, deu-lhe a boa notícia:

– Tudo certo. O diretor está terminando uma reunião, mas vai recebê-lo logo, logo. Bom, você está entregue. Agora tenho de voltar pro meu ponto.

– Nem sei como agradecer – disse Kivuli dando um forte abraço em Kipemba.

– Não precisa. Foi um prazer. Qualquer coisa, peça pra alguém me ligar. Eu deixei o número de meu celular na portaria. E também um recado para o diretor. Tenho algo muito importante para mostrar a ele depois – resumiu fazendo mistério.

– Obrigado mesmo – tornou a dizer Kivuli.

– Te cuida, garoto! – aconselhou o seu protetor montando na máquina prateada. – Ah, guarde isso – falou dando-lhe o seu cartão de visita.

O menino, pesaroso, acompanhou com um olhar melancólico a motocicleta se afastar *polepole*, bem devagar.

– Adeus, amigo! – despediu-se Kivuli de seu *rafiki* acenando com a mão até Kipemba desaparecer de vez, tragado pelo trânsito voraz da cidade.

Antes de entrar, deu uma rápida passada de olhos no cartão. Além do nome e do telefone do motoqueiro havia, mais abaixo, a reprodução de um provérbio tradicional:

"As pegadas das pessoas que andaram juntas nunca se apagam".

VII. BEIJADOS PELO SOL

18

O RESPONSÁVEL PELO ABRIGO, um senhor albino de terno e gravata, óculos de lentes grossas e um sorriso largo estampado no rosto, acolheu Kivuli de braços abertos.

– *Karibu*! – Seja muito bem-vindo! – disse o médico Wasaki. – Você deve estar com fome, não é? Antes de conversarmos, vou pedir pra cozinheira trazer alguma coisa pra você comer. E que depois lhe arrumem roupas limpas e lavem seu uniforme.

Em seguida, pegou o garoto pela mão e levou-o ao refeitório.

O médico, primeiro, esperou Kivuli raspar o prato de *ugali*, a tradicional panqueca de milho tanzaniana. Só então solicitou:

– Agora você pode me contar os motivos que o trouxeram aqui – disse, embora ele soubesse que o recém-chegado, como tantos outros, era mais um albino fugindo da violência.

Kivuli falou, falou e falou.

O doutor, depois de escutar o relato atentamente, prometeu tomar as providências necessárias para que Kivuli pudesse regressar, em segurança, a sua aldeia o mais rápido possível.

– Você foi corajoso demais – elogiou. – Pode deixar que eu irei entrar em contato com o diretor de sua escola para colocá-lo a par de tudo. Inclusive, da participação criminosa de um de seus funcionários. E notificarei também as autoridades policiais de seu distrito. Logo, acredito, o tal porteiro e seus cúmplices estarão na cadeia.

– E a minha mãe?

– Não se preocupe. Vamos avisá-la de que você, por enquanto, ficará conosco. Nossa instituição funciona como um refúgio pra crianças abandonadas ou mutiladas. O que não é o seu caso. Portanto, o seu lugar é junto a sua família.

O diretor, a seguir, fez questão de apresentar as instalações do abrigo ao garoto. Tudo muito modesto, com salas de aula, refeitório, dormitório e ambulatório.

Kivuli, com o coração aos saltos, foi apresentado a meninos e meninas entre 5 e 14 anos. Algumas das crianças, para seu horror, não tinham braços. Em outros, faltavam as mãos ou uma das pernas.

O seu cicerone, ao pressentir que Kivuli ficara chocado com o grande número de mutilados, levou-o em direção ao pátio central. Ali, os dois sentaram-se

em um banco de madeira, enquanto o garoto tentava se recuperar do impacto emocional.

– Desculpa, mas eu pensei que você soubesse que as partes amputadas do corpo de um albino, sem matá-lo, são vendidas nos mercados ilegais por um preço exorbitante – disse o doutor. – A justificativa, de acordo com as crendices espalhadas por esses bandidos disfarçados de curandeiros, é que os membros retirados de uma pessoa viva são mais eficazes e miraculosos. Quanto maior a dor da vítima, maior o poder da magia.

– Saber pela televisão é uma coisa. Ver de perto é outra – replicou Kivuli, ainda abalado com o que acabara de presenciar e escutar.

O veterano defensor dos albinos, antes de responder, ficou em silêncio durante um breve tempo, como se estivesse calculando o que dizer.

– Essas imagens divulgadas pela mídia nacional e internacional, por mais chocantes que elas sejam, são fundamentais para a nossa causa. O mundo inteiro precisa tomar conhecimento do que está acontecendo na Tanzânia e em outros países africanos – avaliou, finalmente, o doutor Wasaki.

Kivuli, intrigado com o número de internos com a cabeça raspada a zero, questionou:

– Por que há tantas crianças carecas?

– Porque os pais receavam que os cabelos de seus filhos fossem roubados – explicou o médico.

– Os ladrões costumam vender os fios dourados para pescadores, que os entrelaçam em suas redes. Acreditam, veja só, que o brilho dos cabelos pode atrair um número maior de peixes.

– Jura? O senhor acha que eu preciso cortar os meus também? – assustou-se Kivuli levando a mão instintivamente à cabeça.

O doutor, sem conter o sorriso, tratou logo de tranquilizá-lo:

– Não precisa se preocupar. Aqui você está seguro – assegurou o diretor erguendo-se do banco. – Venha. Quero lhe mostrar o lugar onde as crianças aprendem a lidar com as próteses.

– Próteses? – interrogou Kivuli.

– São pernas, braços e mãos artificiais doadas por organizações internacionais – disse ele abrindo a porta de uma das salas.

No setor de reabilitação, um grupo de internos, assistidos por enfermeiras e fisioterapeutas, procurava se adequar aos membros mecânicos. Os que testavam pernas mecânicas, apoiados em barras de ferro para não perder o equilíbrio, andavam desajeitadamente de um lado para outro. Já os que tinham mãos de metal aprendiam a segurar canecas e talheres.

– Podem continuar – disse o doutor, não querendo interromper os exercícios. – Eu só estou mostrando as dependências de nosso educandário para o visitante que vai passar uns dias aqui conosco. O nome dele é Kivuli – introduziu apresentando o tímido recém-chegado.

O atencioso médico, após terem percorrido todas as salas, fez um desabafo:

– Apesar de o governo ter endurecido a lei contra os que praticam crimes bárbaros como esses, nós ainda temos um longo caminho a percorrer. Os que cometem tais atrocidades, baseados em superstições, estão rejeitando a si próprios. Beijados pelo Sol ou não, somos todos tanzanianos.

As palavras do médico martelaram a cabeça de Kivuli até a hora de ele se deitar. Antes de dormir, comovido com o esforço e a vontade das crianças do abrigo para reconstruir a sua vida, prometeu a si mesmo, que, quando crescesse, lutaria pelos direitos de os albinos terem uma vida igual à de qualquer pessoa.

VIII. A CAMINHO DE CASA

19

– KIVULI! KIVULI!

– O que foi? – despertou o garoto. O sonho interrompido bruscamente era o mesmo que tivera desde o dia em que chegou ao abrigo. Pela terceira noite seguida sonhara com a mãe acariciando-lhe os cabelos, da mesma maneira que ela fazia ao contar--lhe histórias.

Isso tinha um nome: saudade.

Quem o chamava, puxando a manga de sua camisa insistentemente, era um dos meninos albinos com quem compartilhava o amplo dormitório. A maioria dos internos, ele notou de relance, já havia levantado e feito sua cama.

– O doutor Wasaki o está aguardando em seu escritório – disse o colega de quarto. Um pirralho, com ar tristonho, que devia ter, no máximo, 8 anos. O rosto manchado de pintas negras devido à exposição ao sol. Tinha apenas a mão direita. Da outra, cortada por um facão, restara um cotoco à altura do punho.

Kivuli levantou-se, espreguiçou-se e, antes de sair, arrumou o lençol do beliche inferior onde passara as últimas noites.

"O que será que o diretor quer comigo?", pensava enquanto subia a escada que dava acesso ao escritório no segundo andar.

– *Hodi*? – perguntou parando na soleira da porta, que permanecia sempre aberta.

– Sim, bom dia! Entre, entre – disse o mais velho fazendo um aceno com a mão.

Pelo modo como o homem de semblante tranquilo sorria, Kivuli imaginou que só poderia ser coisa boa.

– Tenho ótimas notícias – revelou o responsável pelo Beijados pelo Sol assim que o garoto entrou na sala. – Prepare-se para viajar. Amanhã cedo um carro irá levá-lo de volta à sua aldeia.

– Verdade? – duvidou o menino arregalando os olhos.

– Sim. E não precisa se preocupar, pois fui informado que os homens envolvidos em seus dois sequestros acabam de ser presos. Mas, por via das dúvidas, três funcionários do abrigo irão acompanhá-lo durante toda a viagem.

– Foram presos mesmo? – tornou a questionar Kivuli, surpreso com o rápido desfecho do caso.

O diretor balançou a cabeça positivamente e, depois, complementou:

– Os dois sujeitos que o capturaram, o porteiro

da escola e o *mganga* estão sendo transferidos agora para um presídio.

O menino, mesmo assim, não se deu por convencido.

– E o casal que tentou me sequestrar aqui em Dar es Salaam?

– Ah, eles e o motorista, graças às informações repassadas por Kipemba aos policiais, foram os primeiros a ser colocados atrás das grades. As fotografias que o motoqueiro tirou com o celular foram fundamentais.

– Eu não sabia que ele havia tirado fotos.

– Nem eu. Só fui avisado mais tarde. Quanto aos criminosos, todos eles, sem exceção, segundo as autoridades apuraram, faziam parte de quadrilhas diferentes, especializadas em comercializar membros de albinos.

O doutor Wasaki levantou-se da cadeira atrás de sua mesa de trabalho, e, enquanto acompanhava Kivuli até a porta, profetizou:

– Esses criminosos certamente receberão a pena máxima.

20

Na manhã seguinte, os internos e funcionários do abrigo foram, em peso, dar adeus a Kivuli.

– Boa sorte! – desejaram-lhe um a um abraçando-o afetuosamente.

– Isso é pra você não se esquecer da gente – disse o menininho que não tinha uma das mãos entregando-lhe uma folha de papel na qual desenhara, com dificuldade, uma criança albina sendo beijada pelo Sol.

– Obrigado – agradeceu Kivuli. Emocionado, enrolou o presente e enfiou-o entre as dobras do embrulho onde levava o uniforme lavado e passado.

Só não contava com a presença inesperada de Kipemba. O motoqueiro chegou na hora em que ele ia entrar no carro.

– Ainda bem que consegui chegar a tempo – disse o motociclista. – Vim correndo tão logo o diretor me avisou pelo celular sobre a sua partida.

– Obrigado! Que bom que você veio – agradeceu o emocionado menino.

O diretor do abrigo esperou que os dois dessem o último e longo abraço. Só então ele se despediu:

– Faça uma boa viagem, meu filho – disse o doutor Wasaki. – Vá em paz e lembre-se – aconselhou colocando a palma da mão na altura do coração de Kivuli:

– O barco de cada um está no seu próprio peito.

21

Kivuli não se desgrudou da janela do veículo um segundo sequer. Ia ao lado do motorista devorando a paisagem com os olhos. No banco de trás da caminhonete de quatro portas, o casal de jovens assistentes sociais do abrigo, encarregado de acompanhá-lo, conversava e ria sem parar.

Aos poucos, os prédios altos da cidade grande deram lugares aos bairros pobres da periferia, atulhados de barracões de madeira com teto de zinco. Logo, à medida que avançavam pela estrada, o asfalto foi se transformando numa buraqueira só, fazendo o carro balançar como se fosse uma canoa atravessando um rio turbulento.

O panorama visto da janela agora era outro. As primeiras plantações de milho e de bananas não tardaram a surgir ao longo do caminho. De quando em quando, baobás de troncos da largura de um elefante dominavam o cenário. À sombra das árvores sagradas, homens conversavam na maior tranquilidade.

Mães, com os filhos pequenos sempre às costas, caminhavam à beira da rodovia carregando cestos à cabeça rumo aos mercados. Mais à frente, lavadeiras secavam roupas em cima de pedras às margens de um riacho. Bem adiante, avistaram um grupo de mulheres com os pés enfiados na lama, plantando mudas de arroz.

– Parece que só as mulheres é quem trabalham nesse país – criticou a assistente social.

– E eu? – sorriu o motorista, batendo com as mãos no volante do carro.

Ao passarem pelas proximidades de uma aldeia, um som familiar chamou a atenção de Kivuli. Moças da idade de suas irmãs mais velhas socavam grãos em grandes pilões de madeira do lado de fora das choupanas.

– Ainda falta muito para chegarmos? – perguntou ele ao condutor sentindo a saudade de casa apertar cada vez mais.

– *Haraka, haraka haina baraka* – A pressa dá azar – respondeu o homem.

No primeiro vilarejo em que pararam para esticar as pernas, meninos jogavam futebol com uma bola de trapos num campinho improvisado, enquanto outros puxavam carrinhos feitos por eles mesmos com garrafas velhas de plástico.

Nem tudo era brincadeira. Rapazotes tomavam conta do gado de chifres recurvos ou então vigiavam os extensos milharais, a postos para espantar os pássaros que ousassem se aproximar das espigas prontas para serem colhidas.

Esse era o seu mundo. Agora, sim, ele sentia que estava voltando para casa de verdade.

22

Na aldeia de Kivuli, os preparativos para a anunciada volta do menino tomavam conta do lugar. A mãe dele, vibrando de alegria, andava de um lado para outro orientando as filhas. As três moças haviam passado a manhã inteira colhendo, ralando e cozinhando um montão de inhames. Os bolinhos que elas iam fritando, misturados com bananas cozidas, eram um dos pratos preferidos do irmão tão aguardado. Mergulhados num molho feito com pedaços de galinha, eram uma delícia.

A mulher, que havia sofrido muito desde a tarde em que a professora viera lhe comunicar o sequestro do filho, agora exultava de felicidade. Nem gostava de se lembrar das noites que passara em branco, angustiada, sem saber se Kivuli estava vivo ou não. Porém, otimista, nunca perdera a esperança de rever o seu branquinho. Tanto que guardou, com o maior cuidado, a bolsa que os policiais haviam encontrado com os livros do garoto.

Quando o carro do abrigo finalmente entrou na agitada povoação foi uma correria e uma gritaria intensa:

– Kivuli chegou! Kivuli chegou!

O reencontro do garoto com a mãe foi pleno de carinho e emoção. Os dois se jogaram um nos braços do outro soluçando sem parar. Sanura, tomada pela emoção, passava e repassava a mão no rosto do filho como se estivesse comprovando que era ele mesmo.

– *Mimi ninakupenda sana* – Eu te amo muito – balbuciou ela várias vezes.

– Foi um dia memorável. Celebrado com batuques, danças e cantorias que se estenderam pela noite adentro.

Afinal, o "Filho da Lua", como muitos dos aldeões o apelidavam de forma afetuosa, regressara ao seio de seu povo.

Mas, para a sua *mama*, Kivuli jamais deixaria de ser o seu amado "Beijado pelo Sol".

IX. A CAMINHO DE CASA

23

NA MANHÃ SEGUINTE, Kivuli acordou bem cedo. Quase não dormira, tamanha era a expectativa de rever os colegas de estudos. Suas mãos, de tão nervoso, tremiam enquanto abotoava a camisa do uniforme o mais devagar possível. Assim que acabou de se arrumar, comeu o mingau de milho feito pela mãe e, respirando fundo, despediu-se:

– *Tutaonana, mama*!

– *Tutaonana*, meu filho!

Desta vez, ele não teve de correr os quilômetros costumeiros. Os funcionários do abrigo tinham recebido ordens expressas do doutor Wasaki para que acompanhassem o menino em seu primeiro dia de volta às aulas.

Ao passo que o veículo varava a estrada empoeirada, o coração de Kivuli explodia de ansiedade, batendo forte igual ao toque de um tambor.

Para a sua surpresa, uma faixa estendida no portão do colégio, saudava-o em letras garrafais:

KARIBU KIVULI!

O diretor, os alunos e a sua adorada *mwalimu* o aguardavam, perfilados, no centro do pátio. Malika, com as trancinhas ondulando ao vento, deu um passo à frente e falou:

– Em nome de todos os que estão aqui para recebê-lo, dou-lhe as boas-vindas à nossa escola. Estamos muito contentes com a sua volta, *rafiki*.

O melhor de tudo para Kivuli, naquela data inesquecível, foi o beijo que a garota lhe deu no rosto. Esse, sim, era o maior presente que ele poderia receber.

FIM

NOTA DO AUTOR

Em 2011, durante uma de minhas andanças e recolhas de contos tradicionais ao longo do continente africano, tive a oportunidade de conhecer a bela Tanzânia. Na histórica Dar es Salaam deparei-me, por intermédio dos meios de comunicação da antiga capital, com inúmeras reportagens sobre assassinatos e mutilações cometidos contra os portadores de albinismo em várias regiões africanas.

A Tanzânia, por motivos ainda desconhecidos, apresenta o mais alto índice de habitantes com albinismo em toda a África, o que explica, em parte, o grande número de vítimas nesse país. A maioria delas, por sua fragilidade, crianças.

Essa aversão e caçada implacável aos *zeruzeru*, como os que nascem com albinismo são pejorativamente designados, é um fenômeno recente, instigado por curandeiros de má-fé. Esses embusteiros, baseados em superstições, alardeiam o poder miraculoso que as partes amputadas do corpo de um albino têm. O preço de cada braço, mão ou perna vendida clandestinamente, por mais abominável que pareça, atinge milhares de dólares. Um crime hediondo que vem sendo combatido atualmente pelas autoridades governamentais, depois de uma série de denúncias e campanhas internacionais realizadas em prol dos que sofrem por terem nascido com albinismo.

Foi, então, depois de muitas pesquisas, que resolvi escrever este livro, acreditando assim, estar contribuindo para uma causa que merece o apoio de todos nós.

ROGÉRIO ANDRADE BARBOSA

Sou escritor, professor e contador de histórias. Formado em Letras pela UFF, fiz pós-graduação em Literatura Infantil na UFRJ. Trabalhei durante dois anos como professor voluntário a serviço da Organização das Nações Unidas (ONU) em Guiné-Bissau, na África, experiência que marcou definitivamente minha vida. Desde então, tenho dedicado boa parte de minha carreira ao estudo da história e da literatura oral do continente africano.

No decorrer de 30 anos como autor de literatura infantil e juvenil, publiquei mais de 100 livros e alguns deles foram traduzidos e editados em vários países, como Alemanha, Argentina e Espanha.

Entre os vários prêmios que recebi, destaco o da Academia Brasileira de Letras (ABL), em 2005, e o Prêmio Ori 2007, da Secretaria de Cultura do Rio de Janeiro.

Em *Beijados pelo Sol*, um livro que comecei a elaborar há muito tempo sobre um tema delicado – o albinismo –, tenho o prazer de contar com a parceria e a técnica "tingatinga", plena de cores, do renomado ilustrador tanzaniano John Kilaka. Espero que a história de Kivuli chame a atenção das pessoas para a situação difícil e cruel vivenciada pelos albinos tanzanianos.

JOHN KILAKA

Nasci em Sumbawanga, no sudoeste da Tanzânia, e aos 21 anos mudei-me para a cidade de Dar es Salaam para aprimorar meus estudos. Sou artista há mais de 26 anos e minhas obras de arte já foram expostas em diversos países, como Suíça, Alemanha, Dinamarca e Suécia.

Ilustrei muitos livros infantis e escrevi histórias que obtiveram sucesso internacional e foram traduzidas para muitas línguas, como *True Friends*, que recebeu o prêmio New Horizons, em 2004, na Feira do Livro Infantil de Bolonha, na Itália. No mesmo ano recebi o prêmio Peter Pan Silver Star, da Suécia, pelo livro *Fresh Fish*, e em 2011 pelo meu último livro, *The Amazing Tree*. Todos os três livros são fábulas que louvam a amizade.

Visitei muitas escolas e bibliotecas em diferentes países, ministrando cursos e oficinas de arte. Participo de projetos de leitura e um deles ensina crianças órfãs a contar e escrever histórias para livros infantis, ajudando-as a desenvolver habilidades na escrita. É um projeto bem-sucedido, pois toda a renda com a venda dos livros é revertida para elas. E tudo isso promovendo a literatura! Até agora foram 14 obras publicadas em três idiomas: *swahili*, inglês e sueco.

Este livro foi composto com a família
tipográfica Charter e Special Elite para
a Editora do Brasil em 2017.